LOUIS XV

MOURANT.

LOUIS-QUINZE

MOURANT,

OU

LA PIÉTÉ FILIALE.

POËME.

PIECE qui a concouru pour le Prix de l'Académie Françoise.

A PARIS;

Chez STOUPE, Libraire & Imprimeur, au bas de la rue de la Harpe.

M. DCC. LXXIV.

A MESDAMES.

MESDAMES,

L'Estime & l'amour de la France étoient depuis longtems votre partage ; vous venez d'exciter son admiration. On connoissoit en Vous toutes les vertus qui honorent & font chérir votre sexe ; la *sensibilité*, *l'affabilité*, la *bienfaisance*. Vous venez de faire briller la *fermeté*, le *courage des Héros*; il vous manquoit cette épreuve, MESDAMES, pour devenir les modeles de toute la Nation.

Quelle gloire pour moi, MESDAMES, de vous voir accueillir favorablement mon hommage, & recevoir avec bonté les prémices de ma Muse; je la consacre, sous vos auspices, à l'*Honneur*, à la *Vérité*, à la *Vertu*.

Je suis avec un très-profond respect,

MESDAMES,

Votre très-humble & très-obéissant Serviteur,
LEGRAND.

LOUIS-QUINZE

MOURANT,

OU

LA PIÉTÉ

FILIALE.

QUEL spectacle effrayant se présente à ma vue !
Sous ces lambris dorés qui fait couler des pleurs ?
Tout semble m'anoncer le plus grand des malheurs,
Et la mort sur LOUIS tient sa faulx suspendue.
Ils souffrent donc aussi les Héros & les Rois ?
Ces demi-Dieux, du tems sentent donc les outrages ?
Sur leurs fronts couronnés se forment des orages,
Et la foudre sur eux tombe donc quelquefois ?
Hélas ! LOUIS en offre un exemple terrible ;
Un mal contagieux dans son sein est passé.

A iv

Aux vœux d'un peuple entier le ciel eſt inſenſible,
Déja l'arrêt fatal ſemble être prononcé ;
Chaque inſtant le venin s'irrite & le dévore ;
La douleur de ſes jours épuiſe le flambeau ;
C'en eſt fait, plus d'eſpoir ; & la dixieme aurore
Le plonge ſans retour dans la nuit du tombeau.

O vous à qui les Dieux réſervent ſon Empire,
Gardez de votre cœur d'écouter le tranſport ;
Prince, fuyez ; en vain la nature en ſoupire,
Le bonheur de la France exige cet effort ;
Fuyez juſques à l'air que votre ayeul reſpire.
Un ſeul de ſes ſoupirs peut vous donner la mort.

JUSTE Ciel ! prends pitié de l'humaine nature ;
Daigne poſer un terme aux tourmens qu'elle endure ;
Adoucis de la mort le joug trop odieux ;
Et ne prive point l'homme en ce moment funeſte,
Du plaiſir le plus doux, mais le ſeul qui lui reſte ;
Permets que l'amitié lui ferme au-moins les yeux.

UNE mere qui meurt au ſein de ſa famille
Avec moins de douleur touche au terme preſcrit ;
Et dans ſes bras glacés ſerrant ſa jeune fille,
Encore en expirant ſa bouche lui ſourit.

Prêt à se séparer d'une épouse chérie,
Un époux s'abandonne à ses embrassemens;
Il meurt baigné de pleurs, & son ame attendrie
A connu le plaisir à ses derniers momens.

Du nombre des vivans tout prêt à disparoître,
Par les ans & les maux tout ensemble accablé,
Ce pere appelle encor son fils pâle & troublé,
L'embrasse, & dans ce fils fier de se voir renaître,
Il le fixe un instant, tombe & meurt consolé.

Mais quand tu nous atteins, implacable Furie,
Dont la main, de Louis vient de trancher les jours,
De ces derniers plaisirs tu nous prives toujours:
C'est en vain qu'on nous aime, on tremble pour sa vie,
Le mercénaire seul affronte le danger.
Des amans, des amis on voit fuir le plus tendre,
Sans attendrir les cœurs nos cris se font entendre;
Nos foyers sont pour nous comme un sol étranger.
Ah! que l'amour trahisse, il est plein d'imposture;
Qu'une frivole crainte arrête l'amitié?
Qu'un gendre, qu'un époux soient sourds à la pitié.
Mais qu'un foible péril étonne la nature!
Que redoutant pour eux les dangers, le trépas,

De timides enfans ?.. Muse n'acheve pas,
Aux Filles de mon Roi ne fais point cet outrage ;
Sur elles le venin peut assouvir sa rage ;
Mais tout cede en leurs cœurs à l'amour filial.
Viens les voir de la mort braver le coup fatal,
Viens, admire leur zèle, & chante leur courage.
     Dépouillant, sans regret, le faste & la grandeur,
Et d'un tissu de lin simplement revêtues,
Ces trois Filles de Roi, près d'un lit de douleur,
Sont aux plus bas emplois à l'envi descendues.
Par elles contemplez le Monarque entouré
Pencher sur celle-ci sa tête défaillante,
De l'autre, recevoir d'une main chancelante,
Quelque breuvage utile avec art préparé ;
Tandis que de leur sœur la bouche consolante
Fait naître un doux espoir chez ce pere adoré.
Le jour à leur ardeur peut à peine suffire ;
Toujours nouveaux besoins, & toujours soins nouveaux,
La nuit n'interrompt pas le cours de leurs travaux ;
Et le Prince lui-même est forcé de prescrire
Les instans que l'on doit consacrer au repos.
Princesses, vous sortez.... Mais de l'inquiétude

us nourriffez le germe au fond de votre cœur;
 fommeil, du chagrin ce dieu toujours vainqueur,
t en vain imploré dans votre folitude.
tre pere fouffrant eft toujours fous vos yeux;
 moindre objet vous peint cette image cruelle;
 filence des airs, l'obfcurité des cieux,
ut porte dans votre ame une terreur nouvelle;
 dans le noir accès d'une douleur mortelle,
us adreffez ainfi votre priere aux Dieux:
Grands Dieux! daignez jetter vos regards fur un pere,
De fes jours précieux n'arrêtez pas le cours;
'il faut, pour le fauver, facrifier nos jours,
rappez; ah! qu'à ce prix la mort nous fera chere!
Nos voix pour ce bienfait vous béniront toujours;
Comme nous, Dieux puiffans, à vos pieds profternée,
A nos gémiffemens la France joint fes pleurs.
Détournez loin de nous l'affreufe deftinée,
Dont la feule menace a brifé tous les cœurs.
O trop chere Patrie! en ce revers funefte,
Bien plus que vous du Ciel nous fentons le courroux:
Vous perdez un bon Roi, mais un bon Roi vous refte,
Et c'en eft fait, hélas! plus de pere pour nous ».

Il est trop vrai ; la mort de sa main meurtrière
Du Trône des Bourbons a rompu la barriere ;
L'agile Renommée en instruit l'Univers,
Et l'on entend ces mots retentir dans les airs :
LOUIS LE BIEN-AIMÉ termine sa carriere.

MAIS quel nouveau malheur vient ici m'arrêter ?
O Mort ! mettras-tu donc toujours crimes sur crimes ?
Ton bras ensanglanté cherche encor des victimes :
A des meurtres nouveaux il se laisse emporter ;
De ces trois Sœurs, l'exemple & l'amour de la France
Les jours sont à nos yeux menacés de tes coups ;
Mais deux Divinités arrêtent ton courroux ;
A la Religion s'unit la Bienfaisance :
Elles parlent ; ta faulx se brise en leur présence,
Et les Filles du Roi vivent encor pour nous.
O vous qui dans le sein d'une retraite obscure
A des austérités vous livrez pour toujours,
Et qui sacrifiant l'amitié, la nature,
Avez au Roi des Rois consacré vos beaux jours,
LOUISE, quel regret pour votre ame sensible,
De n'avoir pu d'un pere adoucir les tourmens !

élas ! que faisiez-vous en ces affreux momens ?
uand la Mort l'a frappé du coup le plus terrible,
ous n'avez point joui de ses embrassemens.
haque fois que le jour fera place aux ténebres,
llez vous prosterner aux pieds de l'Eternel ,
t trempant de vos pleurs vos vêtemens funebres,
nprimez-en la trace aux marches de l'Autel ;
ue pour vous, que pour nous, votre bouche l'implore;
u'il daïgne de la France adoucir les destins ;
t qu'à ce nouveau Roi, que tout un peuple adore,
 dispense par vous des jours longs & sereins.
our ce Peuple attendri que les champs soient fertiles;
ue l'honneur guide seul le fer sacré des Loix ;
e la Religion qu'on respecte la voix;
ue les arts, que les mœurs fleurissent dans nos villes;
e Peuple fut toujours ce que furent les Rois.
ue parmi les flatteurs dont l'essain l'environne,
on choix tombe toujours sur de vrais Citoyens;
u'il pese bien les droits & du Peuple & du Trône ;
es amis de l'Etat fasse toujours les siens.
ue celle qu'à son lit le Ciel a destinée,
e ses sages conseils prête toujours l'appui,

[14]
Et que bientôt l'Amour confacrant l'Hyménée,
Leur donne un héritier digne d'Elle & de Lui.

FIN.

Lu & approuvé , ce 22 Juillet 1774. **MARIN.**

Vu l'Approbation, permis d'imprimer, ce 25 Juillet 1774.
DE SARTINE.